国外建筑雕刻创意

GUOWAIJIANZHUDIAOKECHUANGYI
GUOWAIJIANZHUDIAOKECHUANGYI

徐　文　王晓华

双阳子　编著

辽宁美术出版社

图书在版编目(CIP)数据

国外建筑雕刻创意:挑战感悟/徐文,王晓华等编著.
沈阳:辽宁美术出版社,2002.1
ISBN 7 – 5314 – 2842 – 3

Ⅰ. 挑… Ⅱ. ①徐…②王… Ⅲ. 建筑物 – 雕刻 –
作品集 – 世界 Ⅳ. J313.2

中国版本图书馆 CIP 数据核字(2001)第 073177 号

辽宁美术出版社出版发行

(沈阳市和平区民族北街 29 号 邮政编码 110001)

沈阳七二一二工厂印制

开本:889 毫米 × 1194 毫米 1/16 印张:8

印数:1 – 3000 册

2002 年 1 月第 1 版   2002 年 1 月第 1 次印刷

责任编辑:李 柔 技术编辑:王振杰 责任校对:张 明
        郭治国   谢茉莉
封面设计:李 柔   版式设计:李 柔

全套 2 册定价:112.00 元

单   册:56.00 元

目 录

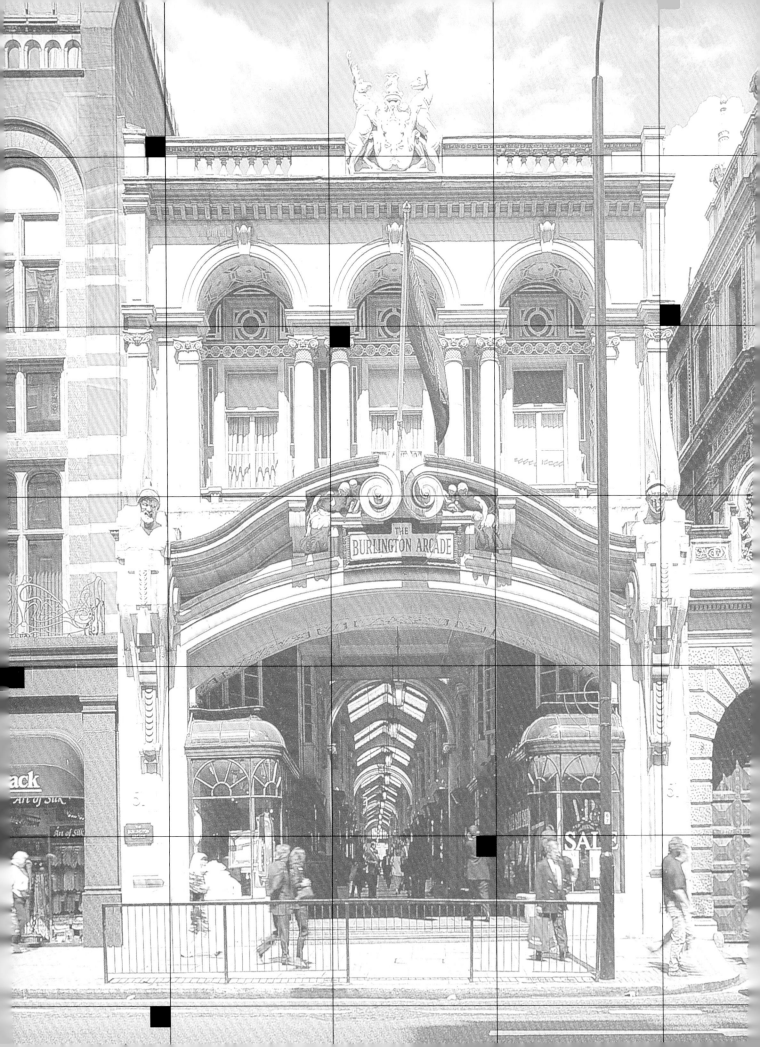

第一章 概论

最早的雕刻——旧石器时代的法国格里马底洞出土的圆雕裸女，鲁塞尔洞出土的手持骨角的浮雕裸女被认为是西方雕刻艺术的发端。

从考古发掘来看，公元前四千年前的古埃及石木雕刻成就最高。到了古王国时代，雕刻人物已有正确的比例关系和解剖关系，也有了一定的精神刻画。浮雕不但有较活泼的手法，而且在内容上也已显出具有叙事的纪念性了。浮雕艺术有严谨朴实、丰满而有力的写实特点。

新王国时代在彩陶器上出现了用浮雕作装饰的形式。

这一时期的雕刻已经与建筑装饰紧密结合了，在王陵、神庙、神殿等一些建筑中随处可见。

值得一提的是古希腊的雕刻艺术，在世界美术史上呈现出了无与伦比的辉煌高度，公元前六世纪初叶在一些神庙的建筑上出现了装饰浮雕。从表现形式上看出现了高浮雕。这一时期还出现了墓碑浮雕。公元前五世纪的希腊雕刻达到了最大的繁荣与古典现实主义艺术的顶峰。在古典的"民主主义"和"人本主义"的思想的支配下，古希腊的雕刻艺术极力歌颂人的力量与健美。在手法上极尽纯熟、自由、生动、优美而写实。在雕像的神态表现上显示出了恬静、庄穆、雍容而高尚的气质。在结构上达到了变化、和谐、集中而统一。显然这种高度概括的艺术手法。气韵生动的艺术效果在美术史上产生了真、善、美相结合的不朽之作。

古罗马雕刻受古希腊雕刻的影响并结合本民族的艺

术风格,在艺术上有很高的建树。特别是在古罗马肖像雕刻艺术上,对人物的性格刻画和精神面貌的刻画上达到了高度的真实。雕刻技术也很成熟。具有了活泼有力的作风。它的题材之广几乎包括了社会上各种人物,无论男子、妇女、老人、儿童都呈现出了严肃、刚毅的民族特色。这种高度的概括力与具体人物个性相结合而又极富民族感的肖像雕刻确实给罗马艺术增加了一道光辉的异彩。

中世纪的雕刻艺术在当时的教堂建筑上占有很重要的地位。在门楣、门廊、柱头、檐口、壁龛等部位都有浮雕或圆雕出现。而圆雕又是主要形式。作为建筑装饰雕刻来说,"哥特式"时代可以说是达到了空前繁荣的程度。在题材内容上以基督教圣经为主。虽然这一时期的雕刻带有中世纪禁欲主义对人性的束缚的冷峻、严酷的面目。但其

数量之多、质量之高给接踵而来的文艺复兴时期的到来奠定了坚实的基础。

十四世纪下半叶至十六世纪,手工业的形成,资本主义工业萌芽的出现为欧洲文艺复兴运动奠定了经济基础。在人文主义思想的倡导下,以世俗的科学精神歌颂人的创造力。颂扬自然之美与人的力量之无尽。崇尚科学,把人的作用提高到第一位。人道、人性构成了文艺复兴时期的思想基础。在新的形式下利用和继承了古典文化掀起了一场新的文化运动。在意大利及欧洲出现了众多的雕刻大师。其中以米开朗基罗为代表的雕刻家在其作品中除了对人体解剖学的精炼纯熟的把握之外,还特别注重人的表情刻画,赋予作品以真实人的精神气韵。雕刻家还运用了绘画透视学的手法,给浮雕以广阔的空间感。写

实手法更加成熟而自由。

十七世纪的欧洲雕刻艺术其成就以意大利和法兰西为显著。在文化史上一般把这一时期称为"巴罗克"时代。受这一思潮的影响,在雕刻艺术上失去了真正的端正的和实事求是的手法。表现了过于想象,故作庄严和狂妄的热烈情调。注重于建筑的内部装饰。在构图上更带有绘画情调,对人物的脸部表情,肉体的描绘达到异常丰富。

十八世纪的法国在建筑的内部雕刻装饰上,出现了追求雅致精细的"罗可可"风气。以致形成了十八世纪在欧洲占统治地位的"罗可可"艺术形式。在雕刻造型上重视线的运动,并且常常打破均衡的规律而给人以轻巧和不安的感觉。在雕刻艺术上虽然那种纤巧装饰趣味的"罗可可"风占统治地位,但在一些作品中仍能看到具有古典

主义倾向和富有自然趣味、生活气息以及市民气质的风格。艺术风格多元融合的形式开始显露出来。

十八世纪末至十九世纪中叶,在美术上最有成就的法国产生了一个又一个的美术运动。古典主义、浪漫主义、现实主义等等。同时也影响着雕刻艺术的发展。这一时期的雕刻出现了多元化的格局。在建筑材料上,钢筋水泥的应用逐渐居于主导地位。在建筑业中真正形成了一次极大的变革,建筑规模越来越大。由于科学技术的进步,建筑机械的发展,建筑物尽可能地向高大发展。其个别局部虽根据需要也采用古典的一些样式。但其形式多成积木式的几何形体了。因此,建筑设计主要成了工程师的任务而与艺术家逐渐分离。建筑雕刻也仅仅在一些局部和一些古典样式的建筑中出现,逐渐让位于以景观设

计为主的街景雕刻、广场雕刻、园林雕刻、纪念碑雕刻作品了。

十九世纪末至二十世纪初，在近代的西方美术家中，特别是在雕刻家中起着比较大的影响作用的人是罗丹。自文艺复兴以后，雕刻艺术在整个造型艺术领域里一直是处于平淡不振的地位，作为两个世纪间的过渡人物的罗丹在雕刻艺术上是一位承先启后的艺术巨匠。他以高度的艺术创作热情创作了众多的具有民主性、思想性、纪念性的作品，从而复兴了西方的雕刻艺术。表面上看罗丹的雕刻属于古典，起码外在的视觉上是如此。他的目标也是恢复雕刻艺术风格的完整性。但另一方面他打破了黑格尔所认为的雕刻的理想是静穆，渗透精神的肉体是雕刻艺术最高原则的古典看法。他追求印象主义的富有色彩的光影效果，追求表达感情的动态，他提倡雕刻艺术应该是艺术家的心灵在他所接触的一切事物上的反映，并看透隐藏在内心深处的真理。洞察心灵深处的隐秘并将此发掘出来。罗丹艺术要表现的不是对象的躯体，而是对象全部的精神实质。他强调艺术的思想性，强调表达艺术家的情感。他强调艺术要传达真理。这些对艺术本质上的认识观点足以超越时间而进入永恒。罗丹的艺术思想一直影响至今。被誉为"现代雕刻之父"之美名。

进入二十世纪，现代艺术已经真正进入到了一个多元化的时代。没有哪一种艺术风格，没有哪一种艺术思潮能够主宰一切。在雕刻艺术上也是如此。出现了各种不同流派，超现实主义、立体主义、未来主义、废品雕刻等等。这也或多或少地会影响到建筑雕刻。

中国的雕刻艺术作品最早出现在具约5500年前的辽西红山文化遗址，牛河梁女神庙出土的女神泥塑像及一批泥塑人体。然而，艺术性较高，数量较大的雕刻品还是出现在陶器上，可以说是工艺品的产物。

中国真正的建筑雕刻最早出现在秦汉时期的施于祠堂、墓圹以及碑阙之上的"画像石"、"画像砖"及瓦当上。

魏晋南北朝时期琉璃瓦开始出现在建筑材料中，但尚未广泛使用。寺庙建筑也多了起来，并且出现了较高的佛塔建筑，特别是这一时期另一种佛教建筑——石窟的开凿十分盛行。伴随而来的建筑雕刻也出现在塔座上及石窟的四壁上。

隋唐时期中国的建筑到了规模发展的时期。开始形成大型的城市。皇城位于外城廓的北部中央，皇城之北是宫城。皇城宫城之外有东市和西市。整个城市布局方整，街道平直。无论是官邸民宅，工商各行等等的布局都在规划之中。同时，造园之风大兴。建筑雕刻也出现在台基围栏，桥梁的栏板雕刻之上。可以说中国古典建筑之美至此已经基本完备了。隋唐以后的历代演化只是其营造程式的归纳和总结，对营造工法、建筑构件、建筑材料的规范。

第二章 建筑雕刻的风格与种类

纵观建筑雕刻的发展过程，可以看出西方古典建筑雕刻采用的是具象的写实手法。特别注重于雕刻作品的形象感，努力把握结构的准确性，运用科学的、合理的透视法则。不过多地考虑色彩感，而重视质感、量感和体积感。西方古典建筑往往与城市广场的设计相配合。因此建

筑的外雕刻作品注重在空间范围上的可视性，并与广场的设计风格相一致。

中国古典建筑雕刻受其建筑物营造程式的影响，仅仅出现在一些建筑构件之上。雕刻只作为局部装饰，常常出现在脊饰、台基、照壁、栏板等处。仅仅起到局部装饰的作用。虽然形象略有变化，但基本的装饰形式不变。木雕施以颜色，琉璃也采用三彩施釉，并配合彩绘与建筑物整体色彩相协调。雕刻求近视效果。中国建筑雕刻是一种写意的手法，着重于精神面貌的描绘、高度的概括、以神写形、夸张变形。追求意笔草草、风神俊仪。

从建筑形式上看，西方古典建筑由于其高大，注重的是整体的结构造型效果。而中国古典建筑主要是营造程式的平面规划，强调其色彩效果。建筑雕刻作为建筑物的

装饰物而服从于建筑物的设计风格。因此，中西方古典建筑雕刻就具有两种截然不同的风格。也是不同的民族风格、不同的文化传统的体现。

建筑雕刻的种类很多。从结构上分有柱头雕刻、台基雕刻、门墩雕刻、围栏雕刻、壁饰雕刻、门饰雕刻等等。从题材上看人物、鸟兽、花卉、景物无所不有。从制作手法上分有圆雕、浮雕、透雕、线刻等等。可以说建筑雕刻涵盖了所有的雕刻艺术的题材和创作方法。

现代建筑的结构形式大多为简单的几何形体的构成。因此，不适合于过多的装饰，特别是具象的雕刻装饰。而是通过建筑物自身的组合构成来获得形象感。因此，抽象半抽象的装饰形式应运而生。建筑雕刻的装饰方法其形式也是采用抽象半抽象的样式，而以连续构成的

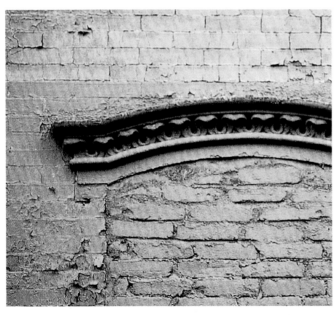

图案化雕刻居多。充分运用变形夸张的手法来获得视觉上的冲击。充分利用现代新型材料的独有特质来强化其装饰效果。建筑物的造型设计也受现代艺术思潮的影响，出现了许许多多的不同流派。

第三章 建筑雕刻与环境制约

空间限定是建筑雕刻需要考虑的一个重要方面。相对于建筑空间的具体的限定而言，建筑物的空间尺度决定建筑雕刻的尺度。建筑物周边可供人们活动的范围决定了建筑雕刻的视距范围。

雕刻是空间艺术，受光线制约。使雕刻看起来能产生最佳欣赏效果的是侧顶光。因此室内装饰雕刻的设计、位置摆放、灯光照明等要充分考虑到这些审美因素。建筑雕刻是多视角的造型艺术，因此要十分重视在视域范围内的各角度的造型效果。

建筑雕刻作品的造型要正确地运用人们在长期的艺术实践中摸索出来的一些视觉规律。比如横线给人一种平稳、延伸的感觉；竖线给人一种向上的感觉，曲线则给人一种不平静和波动的感觉；三角体给人一种稳定的感觉；球体给人一种滚动的感觉；建筑雕刻要给人一种稳定感、平衡感。同时要注意，这种稳定感、平衡感是在各个可视角度上和可视区域范围内给人以视觉上的舒适，符合人们对建筑物的理解与想象。

建筑雕刻作品与建筑物本身一样，具有一定的恒长性、固定性。并且一旦形成后不像其他的雕刻作品可以随时随地的随意地移动其位置或改变其周围的环境。它是为一个特定环境或特定附属物而制作的。因此，在设计时

要更慎重周全地考虑到与建筑物完美地融合，与周围环境的连带关系，作者的艺术观念与地域特点、民族文化的融贯、时代人文精神与新科技材料及传统工艺的互称、及艺术形式的前瞻性。

第四章 建筑雕刻与材质表现

建筑雕刻不同于脱离建筑之外的主题性艺术雕刻，它不但要有装饰作用，而且还要有一定的承载力和耐久性。即满足使用的功能。因此，在材质上以大理石、花岗岩、砖、青铜、铸铁、琉璃等坚固的硬质材料为主。

在环境空间中，质感对于视距也有一定的要求。纹理的粗细也有一定的尺度关系。细致的材料只能在一定的视距中得到观赏价值，越出一定的距离就会影响质感。建筑雕刻作品材料的质感表现首先要给人以重量感、分量感、体积感、从而符合人们对建筑物的想象习惯，达到视觉上的舒适度。在室外开放环境中，雕塑的形体与质感所产生的感染力与日光、灯光的效果密不可分。雕塑是空间艺术，雕塑有无良好的立体感，取决于大块形体之间正确的空间关系。形体本身也必须塑造得饱满，有充足的量感，这是构成雕塑感的重要因素。特别是室外雕塑这一点就显得更加重要。如果形体量感不足，在阳光照射下雕塑就会显得软弱无力。

建筑雕刻的稳定感十分重要。在建筑雕刻的设计与组合上尽可能以黄金比为依据，使视觉感受更为美观。在材质的选用上也要考虑色彩的搭配与和谐，色彩要具有稳定性，避免产生色彩的跳动感。

第五章 建筑雕刻的制作技巧

建筑雕刻的制作是以泥塑为基础的，虽然泥塑不能直接作为建筑雕刻的作品，但泥塑在制作时可加可减，修改起来特别方便。因此，可作为翻制金属铸造作品的坯，也可以作为石雕作品的模特，是雕刻制作的基本功。如果需要保存，或防止泥塑形象的变形，可先将泥塑翻制成石膏坯。特别是对于圆雕作品，造型的泥塑阶段是必不可少的。完成坯的制作后，可根据铸造材料的特点来制造铸模。有砂模、胶模、石膏模等等。开模清理后再将模合成，留出浇注孔，便可以进行浇注。这种翻制的作品一般都具有整体性。浇注完成后稍加打磨便是一件完整的作品了。在建筑雕刻中的一些铸铜、铸铁、水泥材料的作品都是这样来完成的。然而，在建筑雕刻中占重要位置的还是石雕作品。

通常，建筑雕刻中的石雕作品是用整块花岗岩或大理石打凿而成的。选择质地良好的石料，面对泥塑模特进行简单的要点测量后便可以打凿开坯。开坯完成后进一步进行细致雕刻，并反复与泥模特进行比对测量、进行修整。石雕是减法，是由局部开始推向全局。因此雕刻家必须有整体空间感的控制力，高超的技艺，良好的艺术修养。在石雕中要特别注意量感的问题，也就是体积感从石头里由体积向不同的方向往外顶的感觉。让人感到这种力量要向外面的空间膨胀，占领空间，而打凿的部分向内压下去，更加强了体感向外的张力。这正是石雕艺术的魅力所在，也是雕刻家所追求的艺术语言。雕刻家还要善于巧妙地利用石材本身的一些自然形状，保留石料某些自

然特色使作品更加生动。木雕、砖雕的做法与石雕一样，只是材料和工具的不同而已。

圆雕作品的尺度一般与人的尺度接近，不强调空间透视关系，而浮雕作品的平面性决定了其透视关系对表现形式的作用是不可忽视的。浮雕的表现形式有：1.透视缩减法：按透视将浮雕的主体物象设计经过透视缩减，使画面的浮雕有圆雕的错视，这种近厚远薄的处理方法与绘画的近实远虚的方法的一致性，使浮雕画的立体感与真实物体中的立体感产生视觉与心理的接近。那种形成光影透视关系的黑、白、灰调子所产生的体面关系，大都在写实性浮雕中表现突出，并且利用视觉上的错觉来表现它。2.非透视与重叠：将一个形体的形放在另一个形体的上面，而并非透视的平排与重叠，是被压上的形与露出

的形产生了视觉的深度幻觉。这种设计表现方法多见于装饰性、抽象性浮雕。

高浮雕与浅浮雕的区别在于高浮雕形体厚重，压缩的比例不大。从最高点到最低点的面之间距离较大。与低浮雕相比，高浮雕在形体塑造上与圆雕有近似的地方。甚至有些局部的形体用圆雕的方法处理。在强光的作用下，轮廓明显、体积感强、主体鲜明突出。空间虚实协调统一。低浮雕体积有一定厚度，压缩的比例较大，形体起伏不明显。基本在一个平面上寻求形体的变化。高点与低点的面距较小。由于低浮雕的厚度较薄，不适于表现较大尺寸的作品。在光线的照射下立体感不强，作品的主体表现受到影响，因此不适合于表现较复杂的画面。浮雕作品有整体一件的，而大的作品可以作成几块安装时连成整体

或砌筑成一体。因此，要考虑连接缝的处理，不要破坏整体形象。

透雕是综合了圆雕与浮雕的表现方法，在平面上完成。由于有镂空的部分减弱了强度。因此不适合于制作大型作品。在材料的选择上也要慎重考虑这一特点。

第六章 建筑雕刻与现代壁饰艺术

建筑雕刻是雕刻艺术的一个分支，虽然它不是雕刻艺术的主流形式，但雕刻艺术的发展对其产生的影响是显而易见的。特别是反映在现代壁饰艺术上。浮雕壁画已成为壁画艺术中的一个门类。作为壁画上的浮雕从来都是雕刻艺术中的一种，但浮雕壁画越来越快地与当代设计艺术同步，在建筑雕刻中迅速地发展成为综合表现的环境艺术。因此，展现在人们面前的浮雕壁画，对现代的

工业进步、社会文明、及其文化内涵产生了深刻的影响，并与建筑业及建筑设计形成了内在的联系，达到了同步的表现。

现代壁饰艺术是现代建筑装饰的一个重要组成部分。在古典建筑中也有很多雕刻与壁画相照应的例子。然而，在现代建筑中这种相互结合的关系更为密切。在一些主题壁画或装饰壁画中直接运用雕刻手段，雕刻材料的种类也更加多种多样。受现代艺术思潮的影响及现代材料的运用，在表现手法上出现了抽象或半抽象的装饰风格与构成形式。由于壁画的表现范围与题材更加宽泛，制作手段与材料运用更加多样，加之艺术形式多元化的影响，使浮雕壁画的种类越来越多。

浮雕壁画从形式上分类有写实性浮雕壁画、装饰性

浮雕壁画、半抽象浮雕壁画。从材料上分有木雕浮雕壁画、石雕浮雕壁画、砖雕浮雕壁画、石膏浮雕壁画、水泥浮雕壁画、陶瓷浮雕壁画、玻璃浮雕壁画、玻璃钢浮雕壁画、金属材料浮雕壁画、混合材料浮雕壁画等。这些形式和风格的浮雕壁画在建筑上都有所出现，并与建筑的形体结构和空间构图结合在一起。壁画的形体结构与空间设计表现包含了建筑的部分表现。其浮雕壁画的全貌与建筑风格、材质所产生的美感更突出体现了整体建筑的艺术性、文化性。

建筑浮雕壁画无论所面对的是室内空间还是室外空间设计，都无法摆脱空间的位置感。也就是说室内空间设计自然会延伸到室外空间，而室外空间的设计自然会影响人的心理走向而想往室内连贯的观赏空间。因此，浮雕壁画的设计是对有限定的使用空间，走向无边无际的想象空间的表现。浮雕壁画的室内外空间位置是人为的空间组合，是设计者对时代性的人文精神及审美观念的理解和把握。浮雕壁画在满足人们对艺术性的要求外，更多地是对人们心理空间的视觉设计。这样，浮雕壁画从传统艺术手法中走出来，开始了现代人对现代科技所产生的功能空间的研究与运用。对声、光、电等技术的使用，使科学在艺术中越来越直截了当地表达其特别的视觉审美，呈现出浮雕壁画的现代意识及艺术形式的纯粹性。

按照建筑室内外空间的组合可以分为结构空间、实用空间、视觉空间。也可以分为固定空间、虚拟空间及动态空间。因此，建筑浮雕壁画应根据对空间的设计，从物理特性、外观形态、机理美感等方面去作广泛、深入的探

讨,给创作提供想象的空间。

第七章 建筑雕刻的人文性与地域性

　　建筑雕刻与其他艺术形式一样,有很强的人文性与地域性。这反映出各自不同的文化传统和审美观念及民族习惯。建筑雕刻不仅仅只是装饰性的而且还有大量是创作性的作品。任何一件优秀的艺术作品必然是艺术内容和艺术形式比较完美的统一。无论忽视内容或忽视形式都会影响艺术作品的质量。雕刻创作的构思过程总的来说是将内容和形式一同考虑的。或先由内容推移到形式,或由形式联想到内容,最终都将回到整体的构思中。但是许多建筑雕刻作品的形式首先受到建筑物结构上的限制,或建筑形式的限制。所将进行的就是如何使其表现形式与之相符合,使其艺术性更加完美。创作过程就是对

艺术形式的推敲过程。面对观众来说,建筑雕刻作品必须借助于客观存在的雕刻形体,才能发挥其本身的作用。雕刻是占有空间的实际存在的形体,所有的作品内容都是通过这种实际存在的形体来反映的,人们首先看到的是一种实际存在着占有一定空间的体积,而不是什么具体内容。内容完全是人们通过这种形式的理解、感受而联想来的,是创作者与欣赏者的感情的共鸣。为达到这种主观与客观存在性的统一,作品的内容一定是要来源于生活。一定要符合人们的文化传统和审美观念。西方古典建筑雕刻大都取材于圣经故事,也有炫耀家族历史的。雕刻以人物为主,人物也多为裸体造型。通过这种艺术形式,来表现人这一主题。把男性视为力量和健美的象征。而把女性作为智慧和爱的象征。以此用智慧和力量歌颂人类

本身。雕刻作品讲究具象的写实风格，头像、胸像的雕刻有时是针对某一模特来完成的。造形准确、形象逼真。中国建筑雕刻多为动物及吉祥纹样，取材于神话中的怪兽和现实中的代表吉祥的动物，以消灾避邪、乞求平安。古代画像砖和画像石雕的题材内容极为广泛，往往是仙人、鬼魅、奇禽异兽、历史及现实人物同时并陈、神话、历史、现实之混合，儒家宣扬道德节操与道家传播的荒忽之谈交织。因此可以看出，中国的造型艺术是不太讲究时空的对应性的，组合起来更加自由。具体内容有四大类：一是反映现实社会生活与生产劳动，二是历史故事，三是神话传说，四是天文星宿等。传统的意像造型构成了独特的美感。以气韵为传统造型美学观的中心，气韵是意像造型的至高准则。建筑雕刻一般都为外部装饰，而室内采用雕刻装饰的形式是很少见的。为加强室内的装饰效果，通常的作法是在窗棂及室内隔断上采用透雕或者在家具上采用雕刻的形式来得以补充。

建筑雕刻是侧重于表现形式的，表现形式的完美也是相对而言的。一定的时代有一定的审美要求，其雕刻艺术作品的形式也是符合这个时代的审美观念的。当时代产生了变化，审美要求也要产生变化，随之就会产生新的艺术形式。艺术表现形式是在时代的影响下不断探索、创造、发展中求得完善的。

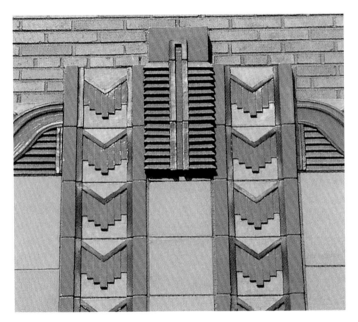

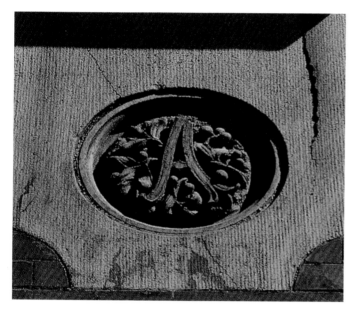

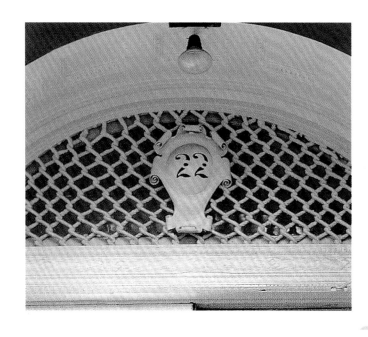

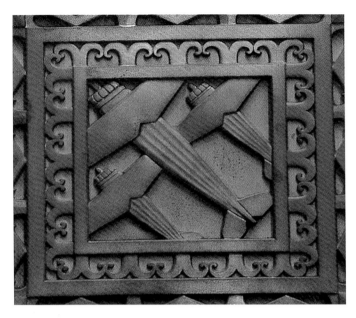

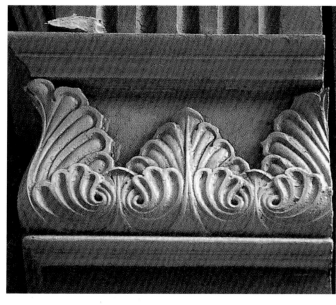

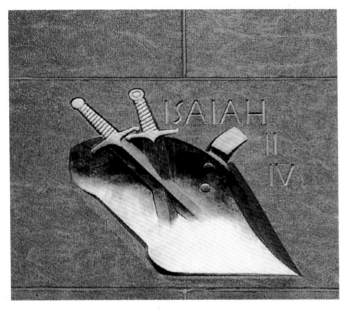

DESIGN

50

THE ROYAL ARCADE